내가 내가 잘났어

내가 내가 잘났어

윤태규 글 | 최승협 그림

고인돌

햇빛이 온종일 놀다 가는 들판 한가운데 작고 예쁜 집이 한 채 있습니다.

이 집 주인은 차례로 0, 1, 2, 3, 4, 5, 6, 7, 8, 9라는 이름을 가진 숫자 형제 열 명입니다. 가장 맏인 0은 맏이답게 동생들을 잘 보살펴 주었고 가장 막내인 9는 동생답게 형을 잘 따랐습니다. 1, 2, 3, 4, 5, 6, 7, 8 모두 마찬가지였지요. 형은 형 노릇, 동생은 동생 노릇을 잘 해서 숫자 형제들은 오순도순 사이좋게 살고 있었습니다.

그런데 다정하기만 했던 숫자 형제들 사이에 며칠 전부터 금이 가기 시작했습니다. 깔깔대던 웃음 대신 서로를 미워하고 헐뜯는 싸움이 벌어졌습니다.

도대체 무슨 까닭이 있었을까요? 그건 말입니다.
얼마 전에 사 온 벽시계 때문입니다. 벽시계는
이 집에 아주 잘 어울리게 예뻤습니다.

제시간에 어김없이 뻐꾹뻐꾹 울어주는 뻐꾸기 소리하며 옆으로 왔다갔다하는 시계추는 착한 형제들을 신나게 해 주었습니다. 흔들리는 추를 따라 고개를 흔들흔들하다가 서로 얼굴을 맞대고 깔깔 웃기도 했지요.

그러던 어느 날이었습니다. 1이 시계 판의 숫자를 뚫어지게 쳐다보더니 이렇게 소리를 질렀습니다.

"야! 모두들 시계 판을 자세히 봐라. 내 이름이 무려 다섯 번이나 씌어 있다. 너희들 이름은 한 번씩만 씌어 있는데 말이야. 그러니 지금부터는 내가 이 집에서 최고 어른이다. **대장이란 말이다!**"

1이 크게 떠드는 소리에 형제들은 모두 시계를 다시 쳐다보았습니다. 1, 10, 11, 12, 분명히 1자가 다섯 번이나 나와 있었습니다.

　　그렇지만 1이 한 말을 진짜로 듣는 형제들은 아무도 없었습니다. 장난으로 그러는 줄로만 알았으니까요.

　그러나 다음날, 아침밥을 먹을 시간이 되었을 때 1이
하는 행동을 보고서야 형제들은 당황했습니다. 여느 때
처럼 차례대로 식탁에서 밥을 먹으려고 하는데 1이 어제
까지 형으로 모시던 0을 맨 뒤로 밀어 버린 것입니다.

　**"너는 맨 뒤에 가서 먹어! 어디 대장 앞에 서는
거야, 버릇없게."**

뒤로 나동그라졌던 0은 갑자기 당한 일이라 한참 동
안 멍하니 주저앉아 있다가 벌떡 일어나 1을 큰소리로
야단쳤습니다.
　"1 동생아, 너 미쳤니? 이게 도대체 무슨 짓이
야, 엉?"

형제들은 엄청난 사건에 눈이 둥그레졌습니다. 생전처음 있는 일이었으니까요.

　　1은 2와 3을 보고 눈을 끔적했습니다. 2와 3은 1 눈치를 보더니 0을 붙잡아 맨 뒤로 가서 내동댕이쳤습니다. 어느새 2와 3은 1 부하가 되어 있었습니다.

　　"모두들 잘 들어라. 1은 우리 집의 대장이시고 나는 부대장이다. 시계를 쳐다봐라. 내 이름이 두 번이나 씌어 있지 않느냐!"

　　2 목소리는 무시무시할 만큼 우렁찼습니다.

모두들 시계를 쳐다보았습니다. 2, 12, 과연 2 이름이 두 번 나와 있습니다.

"그렇다. 올림픽이나 어떤 경기에서도 1, 2, 3등에겐 상을 주는 법이다. 그러니 나는 지금부터 우리 집에서 세 번째로 높은 어른이시다. 누구라도 우리들의 명령을 거역하면……."

3이 두 눈을 부릅뜨고 주먹을 휘둘러 보였습니다. 둘레는 조용했습니다. 무시무시한 분위기 속에서 똑딱똑딱, 시계 소리만 온 방안을 채웠습니다.

조용하던 방안의 침묵을 깬 것은 9였습니다. 사방을 두리번거리던 9는 1 앞에 무릎을 꿇었습니다.

　　"맞는 말씀입니다. 형님 말씀이 백 번 천 번 맞사옵니다."

　　"허허, 네놈이 감히 대장님을 형이라고 불러?"

　　3이 손바닥으로 9 머리를 후려쳤습니다.

　　"예, 예. 죽을죄를 졌습니다. 이놈의 주둥아리가 그만……."

9는 눈물이 나오도록 아팠지만 계속 굽실거렸습니다.

"그런데 대장님, 저로 말할 것 같으면 수의 크기가 최고로 크니까 3 뒤에 넣어 주십시오. 헤헤헤."

9 목소리는 간사하기 짝이 없었습니다. 4는 눈을 감아 버렸습니다. 간사한 9 모습을 차마 볼 수가 없었기 때문입니다.

"오, 그래. 듣고 보니 그럴듯하구나. 3 뒤에 가서 서라."

1 명령이 떨어졌습니다. 9는 가슴을 쓸어내리고 히죽히죽 웃으면서 3 뒤에 섰습니다.

이번에는 8이 1 앞에 무릎을 꿇었습니다.

"대장님, 저는 9보다는 작지만······."

"9 다음에 넣어 달라, 이거지?"

1이 8 말을 가로막으며 3을 바라보았습니다. 3은 형제들의 순서를 큰소리로 외쳤습니다.

"1, 2, 3, 9, 8."

3 외침이 끝나자 서로 얼굴만 쳐다보며 머뭇거리던 7, 6, 5가 앞다투어 1 앞에 나가 갖은 아첨을 떨기 시작했습니다.

그때 3이 1 앞으로 나섰습니다.

"위대하신 대장님, 제 소견으로는 4를 다음 차례에 넣어 주었으면 합니다."

어제까지만 해도 자기 바로 뒤에 있던 4가 너무 멀리 밀려가는 것이 안타까웠던지 4를 위해 3이 나선 것입니다.

그때도 4는 잠자코 있었습니다. 정작 흥분하며 나선 것은 7, 6, 5였습니다.

"대장님, 그건 안 됩니다. 4는 기분 나쁜 숫자입니다. 옛날부터 '죽을 4'라 해서 꺼리고 멀리하고 해 온 게 4입니다. 그런 불길한 숫자를 어찌 감히 앞자리에 세웁니까?"

"병원 같은 큰 건물들도 네 번째 층을 4층이라 하지 않고 F층이라 하거나, 건너뛰어 5층이라 합니다."

"뿐만이 아닙니다. 운동선수들도 4자를 꺼려서 등번호로 달고 다니지 않습니다."

4가 앞자리를 차지하면 어쩔 수 없이 한 자리씩 밀려 나야 하는 7, 6, 5가 강력하게 반대를 하고 나선 것입니다. 4에 대해서 언제 그토록 많이 알고 있었는지 놀랄 정도였습니다.

차례를 정하기 위한 치열한 싸움은 온 들판에 어둠이
깔릴 때가 되어도 끝이 나지 않았습니다. 7은 서양에
서는 행운의 숫자라는 것을 들고 나왔습니다.

6은 지구가 6대주로 되어 있다고 핏대를 올렸습니다.

유럽

아시아

아프리카

인도양

북극

오세아니

5는 손가락이 다섯 개일 뿐만 아니라 바다가 5대양으로 되어 있기 때문에 앞자리를 차지해야 한다고 우겼습니다. 모두들 별의별 것을 다 들먹이며 한자리라도 앞서려고 법석을 떨었습니다.

북아메리카

대서양

태평양

남아메리카

남극해

대장인 1이 숫자 형제들의 차례를 마지막으로 발표했습니다.

"1, 2, 3, 9, 8, 5, 7, 6, 0, 4."

어처구니없는 차례입니다. 엉망입니다.

　　싸움은 여기에서 끝나지 않았습니다. 9는 자기
가 최고 큰 수라는 것을 끝까지 내세우며 2 자리
를 뺏으려고 1에게 쑥덕거렸고, 2 또한 자기 자
리에서 밀려나지 않으려고 안간힘을 썼습니다.
**모두들 한 자리라도 더 앞서려고 야단들이
었습니다.** 숫자 형제들은 그날 밤 한잠도 자지
못했습니다. 아무 욕심이 없는 4도 시끄러워서 뜬
눈으로 밤을 하얗게 지새웠습니다.

아침이 되었습니다. 해님은 오늘도 예쁘고 작은 집을 비춰 주었습니다. 4는 조용히 문을 열고 집을 나섰습니다. 잠을 설친 4는 마구 쏟아지는 늦가을 아침 햇살에 눈이 부셨습니다. 4는 고개를 푹 숙였습니다. 해님 보기가 부끄러웠습니다.

4는 발길을 시내 쪽으로 돌렸습니다. 시내에서 가장 크다는 천사 병원으로 갔습니다. 4는 고개를 젖히고 큰 덩치로 떡 버티고 서 있는 천사 병원 층수를 세어 보았습니다. 하나, 둘, 셋, 넷, 다섯, 여섯 ……. 모두 10층이었습니다.

4는 엘리베이터를 타는 표시등 앞에 섰습니다. 4층에 올라가 보려는 것이지요. 표시등을 훑어보던 4는 깜짝 놀랐습니다. 1, 2, 3, F, 5, 6, 7, 8, 9, 10 아무리 살펴봐도 4자 대신에 영어 F자가 떡 버티고 있는 게 아니겠습니까. 눈물이 핑 돌았습니다.

'어제 5, 6, 7이 한 말이 사실이었구나!'
'나는 정말 재수 없고 쓸모없는 숫자인가?'
4는 발길을 돌렸습니다.
힘없이 터덜터덜 걸음을 옮겼습니다.
눈물이 한 방울 똑 떨어졌습니다.

"와! 와!"

많은 사람들이 한꺼번에 내지르는 소리입니다. 그러고 보니 4는 프로야구 경기가 열리고 있는 야구장 옆을 지나고 있었습니다. 방망이를 든 야구 선수가 커다랗게 그려져 있는 간판에는 '한국시리즈 표범팀 대 물소팀 7차전'이라고 씌어 있었습니다.

와! 와! 와!

4는 야구장으로 들어갔습니다. 운동선수들도 정말 4 자를 싫어하는지 알아보고 싶었습니다. 구경꾼들이 발 디딜 틈도 없이 빽빽하게 들어찼습니다. 경기는 마지 막 회전인 9회말에 접어들고 있었습니다. 점수는 1대 4 로 홈팀인 표범 구단이 지고 있었습니다.

물소팀 선수들이 마지막 수비를 하기 위해 경중경중 뛰어나왔습니다. 사기가 하늘을 찌를 듯해 보였습니다. 투수는 마무리 전문투수인 이강철 선수입니다.

8개 구단 가운데서 마무리를 가장 잘할 뿐 아니라 최고의 강속구를 가지고 있는 무서운 선수라고 했습니다.

"표범팀이 이렇게 주저앉고 마느냐, 추격의 실마리를 잡느냐 하는 것은 지금 나오는 선두 8번 타자가 살아나 가느냐에 달렸습니다. 상대가 이강철 투수라서……."

"이강철 투수 제1구 스트라이크입니다. 정말 무서운 강속구입니다."

"제2구 바깥쪽 스트라이크입니다."

"제3구 안쪽 스트라이크입니다. 표범팀 8번 황기수 선수 꼼짝없이 서서 당하고 말았네요."

표범팀 응원석은 착 가라앉았습니다. 반대로 물소팀 응원석은 흥분의 도가니입니다.

"다음은 9번 정진태 선수입니다. 이 선수, 한 방 있는 선수입니다만 이강철 투수의 강속구를 맞추어 낼지 의문입니다."

"제1구 직구……."

"어어? 몸에 맞았습니다. 유니폼을 살짝 스친 듯합니다. 행운입니다. 오랜만에 1루를 밟아보는 표범팀 선수군요."

"이제 표범팀의 1번 타자 김진구 선수입니다. 살아나가서 다음 타선으로 불씨를 남겨줄지 두고 봐야겠습니다."

"제1구 쳤습니다만 평범한 땅볼입니다. 병살코스입니다. 결국 이렇게 경기가 끝나고 맙니다. 어어? 그런데 그게 아닙니다. 유격수가 공을 놓쳤습니다. 2루에서 살았습니다. 1루에도 살았습니다. 유격수 실책입니다."

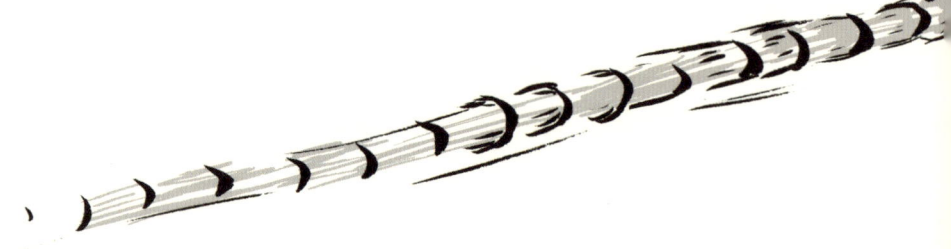

“1사 1, 2루입니다. 다음은 2번 타자, 박상식 선수가
방망이를 우뚝 세웠습니다.”
“제1구 스윙입니다.”
“제2구 느린 커브입니다. 강속구 뒤에 오는 저런 커
브는 통하게 되어 있습니다. 박상식 선수 뻘쭉하게 서
서 보고만 있었습니다.”
“제3구 스윙! 아웃입니다.”
“투 아웃!”

"예, 어렵겠네요. 이제 한 선수만 남겨놓고 있습니다. 올해 한국시리즈 챔피언은 물소팀에 돌아가는 듯합니다."

되살아나는 듯하던 표범팀 응원석이 다시 조용해졌습니다. 그러나 3번 타자 강민구 선수가, 투수가 던진 공이 포수 뒤로 빠지는 바람에 살아나감으로써 2사 만루가 되었습니다.

"이제는 알 수 없게 되었습니다. 타석에는 우리나라 최고의 국민타자, 4번 이승열 선수입니다. 아시아 홈런 기록을 바꾸어 놓은 놀랄 만한 선수입니다. 한 방으로 경기를 뒤집을 수도 있습니다."

"제1구 스트라이크입니다."

"와아! 와아!"

표범팀 응원석에서 함성이 들렸습니다.

"제2구 볼입니다."
"와아! 와아!"
이번에는 물소팀 응원석이 난리입니다.

길 가던 시민들도 걸음을 멈추고 길거리 대형 화면 앞
에 섰습니다. 기차역 맞이방에서도, 고속버스 터미널에
서도 사람들은 숨을 죽이고 텔레비전 화면에 눈을 고정
시켰습니다.

　　"제3구 스윙입니다. 원 볼 투 스트라이크입니다."

　　"제4구 볼입니다. 투 볼 투 스트라이크입니다."

　　"제5구 볼입니다. 잘 골랐습니다. 정말 대형 타자는
다릅니다. 쓰리 볼 투 스트라이크입니다. 이제 공 하나
가 결정합니다."

　　"제6구 쳤습니다. 그러나 파울입니다."

"제7구 쳤습니다. 잘 맞았습니다! 홈런이냐! 홈런이냐! 어? 어? 어! 넘어갔습니다. 홈런입니다! 만루 홈런입니다! 역전 끝내기 만루 홈런입니다! 경기 끝났습니다. 5대 4로 표범팀이 역전승을 거두는 순간입니다. 정말 믿을 수 없는 일이 일어났습니다!"

중계를 하던 아나운서와 해설자가 벌떡 일어나서 흥분에 찬 목소리로 연신 홈런을 외쳤습니다.

"예, 표범팀의 4번 타자 이승열 선수, 정말 대단합니다."

"표범팀 감독과 선수 모두 부둥켜안고 울고 있습니다. 응원석도 기쁨의 눈물바다가 되고 있군요. 정말 감격스런 순간입니다. 표범팀 4번 이승열 선수는 영웅입니다."

열심히 구경하던 4도 표범팀 응원석 속에 섞여 눈물
을 흘렸습니다. 4번이 이렇게 위대하다는 사실에 더욱
더 기뻐서 눈물이 나왔습니다.

'그래 4도 쓸모가 있어. 있고말고.'

혼자 중얼거리면서 운동장을 나서려고 하는데 숫자
형제들이 몰려왔습니다. 모두들 야구 구경을 온 모양입
니다.

"대장님!"

그렇게도 콧대 높게 으스대던 1이 4를 보고 이렇게 부르는 게 아니겠습니까?

"대장님, 이제부터 4를 우리 집 대장으로 모시기로 했습니다. 오늘 운동장에서 4번 이승열 선수, 정말 멋졌습니다. 4는 위대합니다. 그러니 맨 앞에 서야 합니다."

모두가 합창을 하듯이 말했습니다.
4는 고개를 저으며 0을 맨 앞에 세웠습니다.

"이렇게 섭시다. 우리는 원래 서로를 아끼고 위하고 사랑했어요. 우리에게는 더 높은 숫자도, 더 낮은 숫자도 없습니다. 모두가 다정한 형제입니다."

4 목소리는 힘이 있었습니다.

"맞아, 맞아."

숫자 형제들은 모두 손뼉을 쳤습니다.

0, 1, 2, 3, 4, 5, 6, 7, 8, 9 숫자 형제들은 서로 어깨를 걸고 차례대로 작고 예쁜 집으로 힘차게 걸어갔습니다.

내가 내가 잘났어

초판1쇄 펴냄 ㅣ 2012년 1월 10일
개정판1쇄 펴냄 ㅣ 2014년 12월 15일

지은이 ㅣ 윤태규
그림 ㅣ 최승협
편집 ㅣ 여연화
디자인 ㅣ 드림스타트
펴낸이 ㅣ 정낙묵
펴낸 곳 ㅣ 도서출판 고인돌
주소 ㅣ 경기도 파주시 교하읍 문발리 617-12 1층 우편번호 413-832
전화 ㅣ (031) 943-2152
전송 ㅣ (031) 943-2153
손전화 ㅣ 010-2261-2654
전자우편 ㅣ goindol08@hanmail.net
인쇄 ㅣ 갑우문화사
출판등록 ㅣ 제 406-2008-000009호

값 9,800원
ISBN 978-89-94372-33-4 74810
ISBN 978-89-94372-20-4 (세트)